글벗시선185 윤소영 두 번째 시집

곶자왈 숲길

윤 소 영 지음

도서출판 글벗

곶자왈 숲길에서

중년의 나이에 아름다운 꿈을 꾸는 나는 얼마나 아름다운 삶인가? 한잔의 커피를 놓고 무수히 많은 생각들이 나를 갈망하는 시간, 모든 삶의 중심은 나 자신이다. 아직도 많이 부족한 것을 느끼면서 채우기 위해 열심히 노력해야 한다. 하나하나 채워지길 매일같이 연습한다.

그리 쉽지만은 않다. 가끔은 그냥 모든 것을 놓아버리고 싶어질 때도 있다. 한편 한편이 쌓여질 때마다 자신감이 더 있어야 하는데 내 마음은 더 작아지는 것을 느낀다.

끝없이 많은 책을 읽고 배우고 또 연습해야 한다. 어둠에 빛을 환하게 밝혀주는 등불 같은 사람, 참으로 고맙다. 그리고 감사할 뿐이다.

두 번째 시집 『곶자왈 숲길에서』을 펴낸다. 이제 가슴이 뿌듯하다. 조금 더 성장한 기분이 든다. 용기와 희망을 주시는 분이 참 많다. 아름다운 시를 적고 느끼면서 사는 시인이 되기를 소망한다. 주어진 시간 속에 의미 있고 보람찬 행복을 꿈꾸는 아낌없이 나누는 곶자왈 숲길의 나무처럼 그런 아름다운 삶을 살고 싶다.

2023년 봄날에 저자 글꽃 윤소영

차 례

제2부 꽃구름 타고

제3부 숲길을 걸으며

제4부 귤꽃 향기에 취해서

제5부 곳자왈 숲길에서

■ 서평

제1부

동백꽃 사랑

그대와 함께

솔 향기 날갯짓에
정겨운 산새 소리
아름다운 사연으로
한 올 한 올 수놓네
해 웃음 자연 물소리
스며드는 그리움

산허리 휘어잡아
돌고 돌아 정상이네
흐르는 계곡물 소리
아름다운 인연 따라
내 마음 추억 한가득
가슴 담아 왔노라

두 손을 마주 잡고
곱게 피운 우리 사랑
내 안에 추억 찾아
그대 따라나선 오늘
지난날
정다운 얘기
푸른 마음 찾는다

눈부신 꽃처럼

소박한 마음으로
언제나 청순하게
나를 반겨준 당신
참 아름다운 사람
라일락 꽃향기처럼
감미롭고 예뻐요

장미꽃보다 더 고운
아름답고 예쁜 당신
내 안에 살아있는
그대는 나의 사랑
너무나 행복한 사람
당신이 참 좋아요

밤이면 꿈속에서
내 곁에 머문 그대
가슴이 따뜻하게
참으로 아름다워
참으로 그립습니다
활짝 피는 그 모습

인연

움푹 파인 삶 속에
서로 아픈 상처 남아
희망의 돌탑처럼
스치는 사랑이라

든든한 동반자로
보석 같은 우리
인연처럼 아름답게
가꾸며 살자꾸나

사랑하는 당신에게

하루에도 몇 번씩
생각나는 사람이 있습니다

얼굴만 떠올려도 참 좋은 사람
이름만 들어도 느낌이 오는 사람

아침 내내 그렇게 그립다가도
언덕 끝에 달님이 걸린 그런 밤이 되면
또다시 그리운 사람

내 모든 것을 다 주고 싶도록
간절히 보고픈 사람
그런 사람이 있습니다

그 사람을 알고부터
일상의 행복이라는 단어가
작은 파문으로 일렁이기 시작합니다

길을 가다가 혹여 하는 마음에
자꾸만 뒤돌아보게 됩니다

매일 오가다 만나는 집 잃은 고양이들도
오늘따라 유난히 귀여워 보입니다

지하철역에 있는 대형 어항 속의
금붕어도 이제 외로워 보이지 않습니다

누군가를 그리워하고 그 그리움이
사랑으로 자라고 그 사랑이 다시
사람과 사람 간의 좋은 인연으로 이어집니다
이것이… 이것이야말로 힘겹고 괴로운 삶이라도
우리가 참고 견디는 이유입니다.

마침내 세상에 숨겨진 아름다운 것을 발견했습니다.
가꾸는 것이 또 하나의 큰 사랑임을 알았습니다

한 사람만을 알고 한 사랑을 배우고
진짜 한 사람만을 더 깊이 배우는 그런 삶
사랑을 알게 한 사람, 당신이 고맙습니다

사랑의 달콤함

사랑해

미소 짓네
큰 사랑 함박웃음

고마워

다정한 말
나누는 글말 사랑

그리워

속삭일 거야
마음 고백 따뜻이

사랑의 굴레

다가서면 멀어지는
신기루와 같은 사랑

심장의 두근거림
보고 싶은 그 울림

문고리에 걸어놓아
그대는 알 수 없네

조건 없는 내 사랑
꽃잎에 새겨보네

너를 위해

사랑이 머문 자리
소담하게 피어오른

소중한 인연 속에
감미로운 음악처럼

타오른
희망의 불씨
삶에 기쁨 누리네

재인폭포

포근하고 아늑한
푸른빛 희망 물결
영롱한 쪽빛 하늘
부서진 폭포수는
아름답게 물드네

엄마 품속 오묘함
멋스러운 풍경에
산새에 넋을 잃어
유유히 흐르는 시간

물결 속에 온갖 시름
한 올 한 올 씻어 담은
여인의 사랑과 열정
묵묵히 흐른 시간

굽이굽이 써 내려간
애끓는 사연으로
한올 한올 수놓았네
천년의 흐른 세월
눈물로 벗을 삼아
사계절 아름다운
자랑스러운 재인폭포
일편단심 그 모습

한탄강

유유히 흐른 세월
가슴에 피는 열망
골짜기 슬픈 사연
강물 따라 흘러가네
내 임의 애달픈 사랑
푸른 청솔 되었네

분단의 아픔 영혼
혼연일체 한마음
풍경의 아름다움
옛사랑 그리면서
희망의 꿈을 찾아서
너를 찾아 가노라

한 많은 세월 속에
흰 이슬 패인 주름
천년의 굳은 약속
통일의 염원 속에
한 맺힌 가슴에 피는
사랑의 강이 흐르네

나를 찾아온 동행

불꽃처럼 사랑 왔네
첫눈에 반한 사랑

몇 날 며칠 동행하는
뜨거운 사랑 노래

지치고 힘든 나날들
태우리라 그 열정

너를 만나 행복했지
너도 나를 떠나려나

사랑은 영원치 않아
밧줄로 묶어둘 수 없지

내 안에 머문 너를
영원히 잊지 못해

한 편의 시로 남기네
영원하다 그 사랑

한 줄기 희망

창문에 눈물방울
구르는 사랑 노래
처마 끝 풍경소리
고요한 별빛 아래
정화수
담아놓고서
두 손 모아 기도해

대지의 생명 젖줄
갈맷빛 움트는 곳
새들의 노랫소리
또르르 이슬방울
영롱한
은하수 빛이
살포시 내려앉네

내 사랑

처음 본 순간
내 가슴 콩닥콩닥
사랑에 빠졌네

활짝 웃는 미소에
향기 뿜은 웃음에
분홍빛 사랑 수놓네

창가에 시들지 않는
한 송이 꽃으로 피어나
내 마음 모두 드릴게요

저 둥근 달빛에
고귀한 내 사랑 걸어두고
당신께 살포시 안기며
입맞춤할게요

임이시여

얼굴은 모르지만
서로의 꽃이 되고
생각은 다르지만
서로의 나무가 되네

삶은 다르지만
서로의 숲이 되어
모질지 않고
섭섭하지 않은

배려와 아름다움으로
어우러지는 삶이기를

블랙스톤

천혜의 자연 속에
곶자왈 우거진 길
돌 나무 어울림 속
환상의 신비로움
우거진
대자연 숲속
정원수를 심는다

새들의 합창소리
자연의 맑은 웃음
수채화 그리는 듯
나그네 여유로움
너와 나
은은한 향기
행복한 꿈 꾼다네

안개 속에

낙엽 위에 그리움
나의 몸 휘감아 도네

조용히 내려앉은 당신
입가에 미소 짓네

너의 얼굴 위에
사랑을 그립니다

희미한 안개처럼
사라진 흔적은
고요한 이슬처럼
이내 가슴 멍울지네

피어오르는
한줄기 소망
바람꽃이 되리라

동백꽃 사랑

바람이 속삭이듯
창문을 두드리네

애 타게 그리던 임
바람 따라 왔노라고

코끝에 임의 향기로
눈물 왈칵 쏟아요

나뭇가지 그렁그렁
눈물이 맺혔어라

사랑의 눈꽃으로
소복이 피어나네

그대의 뜨거운 열정
눈꽃 속에 빛나네

메리골드(1)

붉은 태양 돌담 아래
황금 이불 출렁이는
아스라한 추억을 찾아
당신을 그립니다

연천의 터줏대감
바람결에 들려오니
버선발로 마중 나와
수줍은 미소 짓네

한 떨기 메리골드
애타게 그리던 임
굳은 언약 약속하듯
꼭 오고야 말 행복이여

메리골드(2)

푸른빛 쪽빛 하늘
오색별 영롱한 별
눌러쓴 황금 모자
겹겹이 꽃잎 사이
아롱이
빛나는 희망
사랑 노래 부르네

피아노 선율 따라
통통 뛰는 멜로디
사랑의 노랫소리
꽃잎은 살랑살랑
옥구슬
또르르 굴러
꽃향기에 젖었네

들불 축제

오름에 붉은 열꽃
천지를 감싸듯이
한 해의 무사 안녕
간절한 소망 담아
한마음
지구촌 축제
함박웃음 꽃 피네

햇살이 너울너울
희망의 가슴속에
갈바람 묻어나는
야릇한 풀꽃향기
갈대숲
살랑거리는
떠난 임을 그리네

떡볶이 인생

원기둥 가래떡에
붉은 물 음양합덕
사각 팬 사각 모양
보글보글 모락모락
서서히 스며드네
동글동글 메추리알
수영하는 조각배가
마실 나온다

팔딱팔딱 누비면서
붉은 바다 가라앉네
대파는 신기해
다이빙하네
환상의 콤비 속에
최고의 떡볶이는
우리를 사로잡네

환상의 섬이여

은빛 물결 초록 바다
연등 할망 품속으로
오름엔 여행가의 꿈
한라산 고라니의 사랑

푸른 초원 희망 행복
형형색색 고운 자태
빛깔에 넋을 잃은
수줍은 수국이여

파릇파릇 올레길
방긋 웃는 금계국
엄마 품속 편백나무
단꿈 꾸는 나그네

제2부

꽃구름 타고

호박전

솥뚜껑 뒤집어서
아궁이 불꽃이 **활활** 피네

호박과 하얀 가루
환상의 궁합

한 국자 올려
둥근 달을 그리네

노란 얼굴 맛깔스러운
추억의 간식거리

내 아버지 그립구나
함박웃음 속으로

사랑해도 될까요

창가에 한 줄기 빛
아련히 떠오르는
내 임의 환한 웃음
바람에 스친다네
내 마음
활짝 펼치네
사랑이 움트는 날

희망의 사랑 찾아
등불을 밝혀주는
떠오르는 그리움
바람결에 굳은 언약
맹세한
사랑의 서약
사랑해도 될까요

핑크빛 조각

당신의 미소 속에
짜릿한 감미로운
상큼한 입맞춤에
내 마음 녹아들듯
전율에
젖어드는 영혼
꿈길로 걸어가네

산들바람 타고 오네
허전한 뒤안길에
희망꽃이 움트는
그대가 보고파서
그 눈빛
흩날리는 향기
당신을 그리면서

희망의 메시지

짙게 깔린 밤하늘
부서져 내리는 달빛
정한수에 불 밝히고
온 마음 다 바쳐서

한줄기 영롱한
은하수 쪽빛 마음
매 순간 헤맨다네

깊은 상념에 빠져
너를 위해 기도하네

상사화

한올 한올 담긴 사연
꽃으로 방긋 웃네

갈맷빛 흔들리면
한잎 두잎 살짝 피네

사랑의
슬픈 눈물비
가슴속에 스미네

지우개

슬픈 기억들은
강물에 흘려보내고

아름다운 기억은
책갈피에 꽂아두고

못다 한 사랑은
정성껏 가꾸네

깃털처럼 가벼운
나의 기억들은

저 넓은 들판에
아지랑이 하늘하늘

참새들의 노랫소리
바람결에 속삭이네

내 사랑 그대 만나
사랑 노래 부르리

날개 잃은 새

둥지 잃은 새 한 마리
엄마 찾아 천릿길

넘어지고 쓰려져도
지치지 않는 그 애절함

그 사랑
어이하려나
흩뿌리는 물안개

둥지를 찾아

별빛이 짙게 내리네
홀연히 빛나는 희망
그 사랑 위에 올린
슬픈 멜로디 한 곡

아련한 그리움인가
구슬픈 헤어짐인가
먹먹한 애달픔조차
벗어 버릴 수 없는
진실한 마음 한 자락

당신에게로

촉촉이 젖은 눈망울
까만 밤 별빛처럼
내 가슴 촉촉하게
스며드는 그 향기에
청아한 영혼은
빛과 등불이어라

내 사랑 그대여
어디에 담아 둘까
애절한 그 마음
아름다운 그리움은
호수에 가득 담아
사랑 노래 부르네

짝사랑

보고 싶다고 말하면
더 보고 싶어질까 봐
그저 살짝
미소만 짓습니다
마음 뿐이기에
줄 것이 없습니다

늘 당신이 있기에
내 삶이 향기롭고
사랑은 사랑으로만
사랑할 수 있습니다
아름다운 우리이고 싶어요

달콤한 사랑

내 마음 함박웃음
사랑의 미소짓네

고마워 함께 한 말
나누는 우리 언어

날마다
속삭일 거야
사랑 고백 그리워

희망으로

어디선가 들려오는
간절한 그 목소리

잔물결 일렁이듯
흐느끼는 그 울림

채워도
채울 수 없는
마음 꽃밭 그 꽃씨

꿈 같은 외출

창가에 불빛 아래
가벼운 마음으로
행복의 봇짐을 메고
푸른 하늘 창공을 날아
갈매기 끼룩끼룩
부산항에 발길 닿네

하얀 모래 은빛으로
흔들리는 내 마음
저 빌딩 숲 끝자락에
걸어놓은 희망 속에
쏟아지는 불시착
내 영혼 불태우네

소록소록 쌓이는
너의 이슬방울
영원히 빛나는
희망의 꽃이어라

꽃구름 타고

해맑은 웃음소리
그리움 눈물짓네

흐르는 시간만큼
너의 흔적 찾아서

작은 가슴 사랑 심어
피지도 못한 인생

꿈같은 한세상은
인연 없다 한마디

항상 나를 찾아온
귀여운 아기 천사

어쩌나 텅 빈 가슴
무엇으로 채울까?

영원히 듣지 못할
너의 사랑스러운 말들

못난 언니 무조건 좋다
나만 믿고 사랑했는데

시리고 아픈 이내 가슴
채울 수 없는 공허함

내 어깨 사뿐히 내려앉아
언니 진경이 왔어요

고운 숨결로 속삭이네
울지 마세요. 언니

영원히 함께하자
진경아, 사랑해

온돌방

아련한 그리움이
소복이 움트는 곳

무지갯빛 사랑 담아
한올 한올 담긴 사연

방안에 가득 채우듯
손가락을 걸었네

아름다운 만남의
그날의 추억들은

사랑의 열병으로
촉촉이 스며드는

영원히 꺼지지 않는
불꽃처럼 빛나네

수국 사랑

붉은 옷 동여매고
보랏빛 향기 품고

꽃술에 보랏빛 한 점
하얀 꽃눈 붉은 태양

녹색 잎
뾰족한 바늘
아롱지는 그 매력

아름다운 여행

칠흑 같은 어두운 밤
밤하늘 별빛 아래
조용히 흐느낀다

이생에 못다 한 인연
아쉬움에 눈물짓네

여린 가슴 멍울지는
이별 아닌 이별에
소녀가 되어버린
개구쟁이 소녀야

환한 웃음 밝은 미소
방긋 웃는 진경아
빗속에 사랑 뿌리고
홀연히 떠나버린
애달프다 이내 심정

영원히 잊지 못할
사랑하는 진경아
우리 천상에서 만나자

사랑을 꿈꾸면서

눈부신 별빛 달빛
밤이슬 낙엽 위에
어둠이 살짝 내려
그리움 가득해라
한 걸음
내달려 가니
황홀하다 그 순간

하늘의 우리 언약
입술 위 곱게 내려
영원히 잊지 못할
그 향기 젖어드네
이 세상
다할 때까지
그대만을 사랑해

그림자

햇빛은 나를 찾아
등 뒤에 품은 사랑
축 처진 어깨 너머
아련한 그리움들
애타게
기다리는 삶
너의 두 눈 그립다

가엾은 너의 두 눈
가슴에 품은 사랑
그 임의 그림자에
그리움 가득하네
아련히
비치는 사랑
그대 함께 살리라

불빛 정원

알록달록
가을빛에 스며들고

떠난 임 그리워
애타는 눈물방울
희미한 추억 되어
낙엽 되어 뒹구네

영원히 잊지 못할
사랑꽃을 피우리라
그대여

떡보의 하루

생각이 난다
입안 가득 머금고
오물오물
왈칵 눈물이 난다
그대 생각에

제3부

숲길을 걸으며

갈대숲 담아

갈대숲 알록달록
은물결 눈부시네
떨어진 잎새 하나
살며시 추억 찾아
아련한
추억 한 자락
콧노래 흥얼흥얼

낙엽 밟는 소리에
흔들리는 내 마음
희망을 노래하는
아름다운 여행길
너와 나
함께 걷는 길
사랑 찾아 나서네

봄날의 행복

봄꽃 향기에
가슴 뛰는 행복이여
다정한 말 한마디
가슴 녹아내리네
작은 정성으로
설레는 마음
토닥토닥 그 손길에
함박웃음 짓네

귤 향기

엄마의 품속에서
알몸으로 태어난 너

노오란 속살처럼
알알이 맺힌 사랑

달콤해
상큼하네요
사랑과 행복 찾아요

아름다운 희망

창가에 희망 그려
꽃구름 피어나고
시어들의 촉촉함
부비적 부비적
아련함
시인들의 소망
스몰스몰 밀고 가네

빗소리 땅을 깨워
한 움큼 틀어지고
희망을 풀어놓아
흐르는 바람결에
대지에
희망의 꿈이
화알짝 속삭이네

마음 한 조각

그대의 고운 미소
방긋방긋 눈짓하며
그대의 사랑하는
행복 가득 담아 채워
눈부신
사랑의 욕망
살사리꽃 사랑

잔잔한 내 마음에
불타오르는 정열은
별과 달의 온유한
환한 그대 눈동자
그리움
추억 한 조각
희망의 꿈을 꾸네

행복 나무

그대는
아름다운 꽃향기
빛나는 보석처럼

잔잔한 미소에
싱그러운
꽃잎처럼

언제나
화사한 봄날
그대는 행복나무

이슬처럼
깨지기 쉬운
세상을 향해

고운 사랑의
비단옷을 입는
그대는 나의 행복

그리움으로

물안개 피어오르는
새벽이슬 맞으며

뚜렷이 떠오르는
당신의 웃는 얼굴

보고픔에 가슴 저리며
멍울진 이내 마음

어디에 담아둘까
아름다운 사랑을

저지 오름

저지 오름 탐방로
아름다운 둘레길
푸른 솔 숲길 따라
힘찬 걸음 오르면
하늘 끝
한눈에 담고
건강 웃음 반기네

오솔길 낙엽 소리
건강을 담는 소리
한가로이 소풍 나온
고라니 가족 모습
나그네
멈춰 선 발길
행복 웃음 꽃 피네

보고 싶은 사람아

눈을 감아도
방긋 웃는 너의 모습

살짝 미소 짓는 얼굴에
방긋방긋 웃음꽃 피네

애간장 녹아내리듯
보고 싶고 그리워라

가까이하면
너무나 멀어질까 봐

작은 가슴으로
그리움 토해낸다

지금도 모닥불처럼
활활 타올라서
가슴엔 숯검댕이로 남는다

숲길을 걸으며

싱그러운 나무 햇살 아래
나지막이 입맞춤하네

계절의 빛이 빚어낸
아름다운 숲 향수 뿌리고

자연과 시간이
만들어준 숲속의 합주곡

웅장하고 푸르구나
숲길을 걸으며

옛 추억을 회상하며
마음의 먼지를 날려버리고

사랑의 인연 속에
칠월의 숲이 찰랑거리네

산사에 꽃 피다

깊은 숲속 작은 암자
고요해진 숨결만큼
희망 고백 합창하네

고달픈 인생길에
고운 인연 엇갈린 운명
지친 마음 산중에 묻네

세월의 뒤안길에
피고 지는 그 사랑
다시 만날 그날 그리면서

산사에
인연을 묻고
푸른 청솔 한 그루
가슴에 담아놓네

글꽃 사랑

매 순간 너를 위해
내 마음 적어보네
뜨거운 마음으로
남아있는 내 사랑
그대여
글로써 쓰네
사랑 고백 하노라

아련한 기억 저편
못다 한 사랑 얘기
종이 위에 수놓네
글 마음 찾아 나서
내 마음
사랑을 품고
글꽃으로 나누네

하루

산등성이 타고 피어
오르는 안개구름
나뭇가지 사이로
비치는 햇살 속에
오묘한
자연의 이치
정겨운 만남 속에

무성한 풀잎 냄새
팔월의 언덕 넘어
귀뚜라미 합창 소리
가을을 타고 오네
유연한
댄스의 열풍
고추잠자리 춤추네

천사의 날개옷

푸른 잔디 하얀 이불
알알이 맺힌 사랑
뙤약볕 꽃물 들고
고운 빛깔 붉은 끝동
은은한
감빛 채색에
붉게 물든 내 마음

하늘하늘 휘날리는
단아한 고운 옷섶
자연이 빚어낸 색
천연 염색의 운치
하늘빛
짙게 그린 색
아름다운 그 자태

맥문동 품다

푸른빛 가지 사이로
물결이 일렁이니
보랏빛 꿈동산에
사랑의 향기 뿌리고
신바람
너울거리는
나의 사랑 좋아라

터질 듯한 수줍음 꽃
마술을 부린 듯한
풍미와 기풍 속에
내 영혼을 담아버린
보랏빛
내 가슴 설렌
영원한 사랑이어라

꽃눈이 내리는 날

하늘에 은빛 날개
수 놓은 꽃바람에

바다 위 새하얀 꽃
천지를 헤매 도네

마음에
빗장을 풀고
사랑의 꽃 피었네

그대를 추억하며

아무리 애를 써도
쓸쓸한 나의 마음
희망의 꿈 날개를
하늘에 펼칩니다
나의 꿈
사랑을 향해
그대 찾아 날지요

살며시 감은 눈썹
아련히 떠오르는
글 마음 그대 생각
당신만 사랑해요
오늘도
보고픈 마음
그리움을 적지요

산수국

숲속 향기 걸으며
작은 꽃잎 사랑 적어
거친 해풍 맞은 추억
뜨거운 태양 삼키네
너의 삶
행복 찾아서
숲이 주는 즐거움

파란 나비 내려앉은
녹음이 짙은 숲길
산수국 꽃길 따라
널 닮은 맑은 호수
보랏빛
진한 눈 속에
행복 찾은 내 마음

꿈속 그대

그대가 잠시 내 생애
다녀갔을 뿐인데

난 온통 너의
기억으로 사랑에 빠졌네

한잔의 커피에
사랑을 나누고

너무나 사랑했는데
우리 사랑은
물거품이 되었네

녹차 사랑

온화한 햇살 머금고
뽀송뽀송 피어오르는
새색시 기다리듯
녹차잎 또닥또닥

가마솥 따끈따끈
고운 옷 갈아입고
내 영혼 불태워서
곱고 고운 가루 되어

고운 가루 사랑 속에
달콤한 너의 매력
내 마음 사로잡네
둥글둥글 사는 인생

조팝나무

앙증맞고 귀여운
너는야 나의 로망
꽃잎이 다섯 손가락
아롱다롱 맺혀서
대가족
사랑의 노래
행복을 노래하네

하얀 꽃 이슬방울
듬뿍 머금고서
지그시 감은 두 눈
옹기종기 모여드네
뜨락에
평화로운 꿈
한올 한올 큰 웃음

그리움

너를 사랑하기에
난 행복을 느끼며

지나간 인연이기에
가슴 시리도록 아파하고

못다 한 사랑이라면
아쉬움이 크지만

내 사랑 더 큰마음
영원토록 애절하네

제4부

귤꽃 향기에 취해서

사랑이여

당신이 보고파서
아침이 밝아오네
어둠을 헤치고
낮을 지나가면
빛조차
뿌리치고서
어둠이 찾아오네

아침에 눈을 뜨면
맨 먼저 떠오르는
당신의 미소 속에
나를 웃게 하지요
당신의
배려와 사랑
행복이 묻어나네

내 사랑

처음 본 순간
내 가슴이 콩닥콩닥
사랑에 빠졌네요

활짝 웃는 미소에
향기 뿜은 웃음 속에
분홍빛 사랑 수놓네요

창가에 시들지 않는
한 송이 꽃으로 피어나
내 마음 다 드릴게요

저 둥근 달빛에
고귀한 내 사랑 걸어두고
당신께 살포시 안겨서
뜨거운 입맞춤을 하네요

나의 임이시여

얼굴은 모르지만
서로가 꽃이 되고

생각은 다르지만
서로가 나무로 산다

삶은 다르지만
서로가 숲이 되니

모질지 않고
섭섭하지 않다

배려와 아름다움으로
어우러지는 삶이니까

갈대 사랑

붓과 같은
봉긋한 모양의 갈대가
어느새 사랑에 빠졌어요

붉은 홍시처럼
익어가는 갈대는
사랑을 찾아
여행을 떠나가요

바람 타고 구름 타고
저 하늘 끝까지
날아가네요

한 올 한 올 실바람에
살랑살랑 나부끼며
앙상한 메마른 가지로
기쁘게 웃고 있어요

아, 이것이 사랑인가요
내 사랑은 언제쯤 올 건지
그날이 기다려져요

오름

아름다운 여인을
품은 오름이여

황금빛 억새꽃들이
제주를 품은 듯

구름 사이로 주황빛들이
해님을 안아주네

억새꽃의 장관에
나그네 발길을 묶어두네

와, 예쁘다
와, 멋지다

걸음걸음 수놓았네
힘들고 숨찬 아름다움

돌하르방

아름다운 윤슬 위에
갈매기 끼룩끼룩
우람하고 듬직한 모습
미소를 자아내고
언제나
너털웃음만
나의 키다리 아저씨

한라산의 푸른 정기
부리부리한 눈망울
벙거지를 눌러쓴
할망을 감싸 안고
내 사랑
돌하르방은
우리들의 수호천사

이슬에 젖네

풀벌레 화음 들리네
하얀 별 마음 담아
호숫가 풀밭에 누워
아름다운 꿈에 젖네

까만 밤 은하수
별빛에 흩뿌리고
지친 영혼 쉬어가라
내 어깨 토닥토닥

커튼 불빛 사이로
풀벌레 사랑 노래
포근히 살결 위에
환한 웃음 행복 찾네

한 줄기 빛으로

어렴풋이 한 자락
옛 추억에 머물고
기억 속 떠오르는
바람에 흔들리며
그리움
한 자락 빛에
아롱거리는 그대여

빛바랜 세월 속에
마음 비우고 나누며
희망의 싹트는 날
멋진 사랑 속에
웃음꽃
즐겁고 행복
미소 짓고 노래하네

향수에 젖어

솔 향기 날갯짓에
정겨운 산새 소리
아름다운 사연을
한 올 한 올 수놓아
해 웃음
자연 물소리
내 마음 스며드네

산허리 휘어잡은
돌고 돌아 정상에
흐르는 계곡물 소리
아름다운 인연에
내 마음
추억 한가득
가슴 담아 왔노라

마주 잡은 두 손에
곱게 피운 우리 사랑
내 안에 추억 찾아
그대와 함께 가네
지난날
정다운 얘기
푸른 마음 찾지요

거울 속에서

눈앞에 낯선 여인이
나를 보면서 웃네
이마엔 무지개 타고
눈빛은 흐려지네

어린 소녀 웃고 있네
희미해지는 기억 속
휘청거리는 몸부림
가슴이 아려오네

나이는 숫자라네
아이처럼 순수하네
세월을 거스르지 못한
아름답게 늙어가네

내 삶에 행복을
찾는 일이 우선이다
아름다운 젊음은
내 마음에 담고 있네

가슴을 활짝 열어
소중한 세월을 반추하며
오늘보다 내일의
삶의 안목을 높이려고

사랑을 거닐면서

산책길을 걷노라면
콧노래 흥얼흥얼

해안가 풀섶에
들꽃 향기 흩날리는

가슴 가득 풍겨오는
바다향 추억 더듬고

오름 너머 임 계신 곳
발길만 머뭇머뭇

넘어서지 못한 길
길섶에 앉았네

제주 갈옷

뙤약볕에 익은 감물
타래마다 물들이고
한 땀 한 땀 기워내어
붉은 끝동 받쳐 입으면
은은히
스미는 감빛
갈옷은 날개이어라

하늘하늘 날갯짓에
감겨온 옷섶 맵시
자연 향 빚은 감색
옷깃마다 운치 담아
하늘빛
제주 바다에
비춰 보는 그 자태

*제주 갈옷: 감으로 물들인 제주 특산품

보고 싶은 어머님

첩첩산중 외딴집에
푸른 초원 아늑한 곳
정겨운 고향 향수
내 마음 달려가네
앞치마
눈물 훔치네
들썩이는 두 어깨

가마솥 아궁이에
사랑의 밥을 짓고
아낌없이 주는
사랑의 틈이 드네
사랑꽃
석쇠 위 놓인
쏟아붓는 그 정성

뒤뜰에 텃밭에는
부추랑 쪽파 고추
파릇파릇 날갯짓에
그리운 추억 찾아
엄마의

눈물의 손길
사랑 심는 그 정성

겨울밤 화롯불에
고구마 밤을 묻어
사랑 얘기 나누면서
밝히는 희망 촛불
얘기꽃
사랑의 향기
날 새는 줄 모르네

희망을 그리며

풀잎 끝에 청순한
맑고 순수한 영혼
창가에 드리우니
따뜻한 햇살처럼
내 마음
간절한 소망
새싹이 돋아나네

당신을 그리는 맘
풍등에 띄워보렴
배시시 머문 자리
꽃망울 함박웃음
연둣빛
햇살 머물려
비단결에 수놓네

일심

마음이 오락가락
일렁이는 물결 위에
내 마음 그려놓고
들썩이는 내 마음
묻어둔
희망의 종소리
퍼져가네 은은히

오뚝이 같은 내 삶
어디에 묻어둘까
스치는 바람결에
아쉬움 남겨놓고
기다림
풀잎에 맺혀
부르짖는 그 희망

가을의 노래

풀벌레 화음 담아
하얀 별 마음 담아
까아만 은하수에
별빛에 흩뿌리고
호숫가
풀밭에 누워
아름다운 꿈 젖네

커어른 불빛 사이
풀벌레 사랑 노래
내 어깨 토닥토닥
지친 영혼 쉬어가네
그대의
포근한 살결
환한 웃음 번지네

가슴에 핀 사랑

물안개 피어오른
새벽이슬 맞으며
또렷이 떠오르는
당신의 웃는 얼굴
애달픔
가슴 저리며
멍울지는 그리움

어디에 담아둘까
아름다운 그 사랑
살포시 마음 열어
가슴에 품은 열정
보고파
그리움으로
다시 찾아 나서네

꿈꾸는 내 사랑

참새처럼 소곤소곤
노래로 춤을 추네
신나게 덩실덩실
어여쁜 나의 소녀
새싹의
하얀 눈망울
꿈을 꾸는 어린이

하늘로 두 팔 벌린
하늘의 잠자리채
오늘도 보물찾기
신나고 즐거워라
설레는
꿈 사냥놀이
푸른 하늘 담지요

사랑을 꿈꾸면서

눈부신 별빛 달빛
밤이슬 낙엽 위에
어둠이 살짝 내려
그리움 가득해라
한 걸음
내달려 가니
황홀하다 그 순간

하늘의 우리 언약
입술 위 곱게 내려
영원히 잊지 못할
그 향기 젖어드네
이 세상
다할 때까지
그대만을 사랑해

귤꽃 향기에 취해서

지천을 뒤흔드는
귤 향기 달콤하다
가슴에 젖어 드는
그 향기 상큼해라
은근히 다가온 사랑
그대라서 더 좋다

호젓한 산들바람
사랑에 흠뻑 젖네
꽃향기 나그네는
어깨춤 덩실덩실
입안에 사랑꽃 향기
젖어 드는 너의 향

제5부

곶자왈 숲길에서

철쭉 연가

신록의 햇살 아래
진분홍빛 저고리 입은
뽀얀 속살의 철쭉들이
남몰래 나를 훔쳐봐요

내 안의 눈물짓는
그리운 당신 생각
희미한 추억을 더듬으면
기쁨만이 보여요

당신의 맑은 미소
내 안에서 아롱져 와요
당신이 참 그립다고

행복 속으로

햇빛이 하늘마다
수놓은 그리움들
무지갯빛
사랑을 담은
자장가 노랫소리

엄마의 고운 숨결
이불 삼아 꿈속으로
춤추는
나의 모습에
젖어 드는 내 사랑

커피 향기

그리움 가득 맺힌
심장이 요동치네

설렌 맘 다독이며
가만히 귀 기울이면

그 향기
보이지 않게
젖어드는 목소리

산책길에서

코끝을 간지럽히는
장미 향기에 가슴이 설레네

갈대숲 끝에 쉬어가는
참새의 여유로움

은빛 물결 타고 춤추는
고기의 낙원

나비는 꽃과의 입맞춤
나풀나풀 날갯짓

주인 잃은 징검다리
나를 보고 미소 짓네

파도

오늘은 왠지
그립다 말을 하면
울 것 같아
섣불리 말을
전할 수가 없어라
시린 내 가슴에
피멍울만 지는 아픔
저 바다에
목놓아 울어보네

매미

불타는 여름 햇살
고막을 뒤흔드네

매미의 노랫소리
짧은 생 아쉬워라

뜨겁게
사랑하고파
가을의 길목에서

동트는 하루

높은 산 우뚝 서니
발아래 굽어보니

인간사 희로애락
부질없는 욕심뿐

집착도
부질없는 것
나누어 사는 삶에

꿈속 그대

그대가 잠시 내 생애
다녀갔을 뿐인대

난 온통 너의
기억으로 사랑에 빠졌네

한 잔의 커피에
사랑을 나누고

너무나 사랑했는데
우리 사랑은
물거품이 되었네

코스모스

가을의 여인
코스모스
분홍저고리에
초록 치마 입고
길가에 임 마중 나왔네

가냘픈 허리를 흔들면서
누굴 향해서 손짓을 하나
뭇사람 애간장을 녹이네

첫사랑
설렘을 만났을까
붉어지는 마음속에
가을을 재촉하네

하늘을 날아올라

한 송이 장미꽃 되어
영원히 피지 못할
홀연히 안개가 되어
슬프고 외로운 길

아픈 영혼 어디에 둘까
사립문만 기웃기웃
영원히 돌아올 수 없는
그 강을 건너는 여인

가슴에 맺힌 그 아픔
영원히 품고 사는
애달픈 여인의 홍역

남은 자의 사랑 표현
못다 한 이생의 일들
하늘에서 꽃피길 기도하네

곶자왈을 걸으며

아름다운 오름 숲길
알록달록 고운 단풍
두 손 안 가득 담아
마음에 간직하고
곶자왈
환상의 숲속
그 추억 그려본다

화산으로 만든 숲
생태계 유지하며
새들의 지상낙원
울퉁불퉁 오솔길
원시림
제주의 천연
사랑하고 싶어라

사랑 향기

내 가슴 촉촉하게
스며드는 그 향기
미소 띤 웃음 가득
언제나 찾아오네
내 사랑
그리운 마음
온전한 나의 사랑

서로가 속삭이네
사랑을 그리면서
애절한 마음 담아
희망을 꽃 피우네
너와 나
행복한 만남
천상의 길을 걷네

곶자왈 숲길에서

숲 향기 풍겨오면
흥겨운 산새 소리
덩굴 숲 아름답다
자연의 숨소리에
외로운
연자방아는
호올로 눈물짓네

용암에 허파 주인
크고 작은 암괴 표층
자연 숲과 가시덩굴
신비로운 자연 숲지
다람쥐
임 마중 나와
건강한 숲 지키네

한마음 잔치

오색빛 은빛 물결
옛 추억에 젖어드네
울림의 응원 속에
열정을 불태우네

한 마음 한뜻으로
어울림의 한마당
곱게 머문 햇살도
함께 하는 즐거움

수박 한 잎 머금고
더위랑 친구 삼아
몽글몽글 맺힌 땀방울
한 모금 달래주네

나팔의 울림 속에
어깨춤 덩실덩실
동심은 하늘 끝까지
뛰어올라 춤추는 날

사랑을 위하여

물안개처럼 피어오르는
당신의 환한 미소
희망의 빛을 보네

천사 같은 나의 사랑
곤히 자는 하얀 미소
내 가슴 스며드네

밤새도록 나의 품에
향기 맡으며 지샌 밤
나의 사랑 품에 안네

엄마의 정원

호박잎 가지 끝에
앙증맞은 아기 호박
뙤약볕 몽글몽글
땀방울 맺히고
흰 나비 날갯짓이
정신이 없구나

장대처럼 늘어선
꽃대에 징검다리
노오란 머리 늘어뜨리고
겹겹이 입은 옷맵시
붉은 햇살 삼키며
시집갈 준비에 눈물짓네

울퉁불퉁 돌담 위에
다닥다닥 제집인 양
노오란 작은 꽃 속에
벌 나비 퐁당퐁당
아삭아삭 하얀 웃음
총각 얼굴 그리네

동글동글 아기 방울
알알이 맺혔구나
붉은 입술 깨물고
연지곤지 곱게 찍어
톡톡 터지는 너의 웃음
동심으로 소환하네

나의 마음

하얀 그리움에
눈물을 삼키네
방울방울 흐르는
눈물은 이별에
거품이 되어 사라지네

촛불처럼 제 몸을
태우는 슬픈 영혼
고개 숙여 회한하며
지나온 흐린 기억
사랑을 흩뿌리네

기다림

초록 물결 잠재우며
밀밭 익은 세월 앞에

꼬물꼬물 오솔길
비치는 옹달샘

찬란한
고운 빛 담아
그대에게 전하네

봄꽃 향기 속에

가슴 뛰는 행복에
다정한 말 한마디

심장이 녹아내린
자그만 사랑으로

설레는
따스한 손길
토닥토닥 웃음꽃

한 줄기 희망(2)

촉촉이 내리는 비
젖줄 같은 생명처럼

푸름을 더하는 꿈
절정의 웃음 짓네

꽃향기
싱그러운 언어
사랑하는 그 마음

제주 사랑을 거니는 시적 상상력

– 윤소영 두 번째 시집 『곶자왈 숲길』

최 봉 희(시조시인, 평론가, 글벗 편집주간)

시는 왜 쓸까? 독자에게 내 생각과 마음을 아름답게 표현하기 위함이 아닐까? 그런데 남들과 똑같은 상투적인 표현이 아닌 나만의 기발한 생각을 담은 글, 읽은 이에게 깊은 인상을 남길 수 있다면 얼마나 좋을까?

그래서 시를 쓴다는 것은 상상력과 창의성이 필요하다. 좋은 시는 사람들의 정서나 상상력, 감성을 건드리는 시가 좋은 시가 아닐까? 이를 통해 사람들의 마음을 움직이게 하는 것이 중요하다. 독자는 시속에 숨겨진 그 무엇, 모호한 무언가를 통해 마음이 움직인다. 설명문이나 논설문에서 답을 찾으려 하지 않는다. 독자가 시를 읽으면서 수수께끼를 풀어나가는 즐거움이 아닐까? 그래서 소소한 경험을 특별한 시로 바꾸는 작업이 필요하다.

시에서 가장 많이 쓰이는 표현 방법은 비유와 상징이다. 그렇다고 남들과 똑같은 생각은 독자를 움직이지 못한다.

대상에 대한 나만의 상상 목록이 필요하다. 그 목록을 대상으로 단어를 바꿔보고 엉뚱한 단어로 바꿔보는 것은 물론 기존의 것을 살짝 비틀어보고 뒤집어 보는 것이다. 그리고 그 단어들로 이야기를 만들어가는 것이다.

우리는 글감을 찾고 시에 감정을 담는다. 그런데 그 감정을 직설적으로 드러내서는 안 된다. 예를 들면 누군가에게 그리움을 이야기할 때 직설적으로 '그립다'는 감정을 밝히지 않아도 화자의 상황과 생각을 제시하면 느낄 수 있는 글이어야 한다.

마지막으로 아름다운 시가 되려면 시의 리듬을 살려야 한다. 시를 다 쓰고 나면 시를 소리 내어 읽어보도록 해야 한다. 자연스럽지 못하고 막히는 부분이 있다면 리듬에 문제가 있는 것이다. 더불어 마음의 뜻을 전달하기 위해서는 간략하고 쉽게 글을 써야 한다. 시나 문장을 지을 때 반드시 많은 분량을 써야 좋은 글이 되는 것은 아니다. 자신 생각을 이루었으면 마치는 것이 옳다.

그렇다면 시의 아름다움은 어디에 있을까? 글 쓰는 기쁨은 언제 우리에게 올까? 그렇다. 시를 쓰고 읽는 바로 지금, 이 순간이 아닐까?

지금 여기에 이 순간에 있는 삶의 기쁨을 찾지 못하면 언제나 힘들고 외롭다. 글쓰기는 기쁨의 과정이다. 다시 말해 현재의 행복을 누리는 즐거움이다.

입에서 나온 말은 단지 귀를 즐겁게 하지만, 가슴에서 나온 글은 사람들의 가슴을 울리며, 생활에서 나온 진실한 글은 손발을 움직이게 한다.

아울러 시는 읽고 또 읽어보고, 쓰고 또 쓰면서 고치고 다듬어야 한다. 아울러 시어를 바꾸고 또 바꾸면서 적절한 시어를 찾아 글 쓰는 것은 지나치지 않다. 시 쓰기는 머릿속을 뒤지고 마음을 휘저어 찾아낸 것이어야 한다. 그래서 시 쓰기는 창의적이고 참신해야 한다.

글을 쓸 때 유의해야 할 점은 흔히 볼 수 있는 소재, 알기 쉬운 단어, 그리고 읽고 외우기 쉬운 문장이어야 한다.

그렇게 시에 대한 열정으로 배움을 통해 다양한 경험을 살려서 기쁨과 행복으로 글을 쓰는 시인이 있다. 바로 제주도에서 활동하는 윤소영 시인이다.

우리는 평범한 말속에 우리는 힘을 얻고 용기를 얻는다. 시인은 자신이 사는 제주도의 다양한 대상을 시적 상상으로 옮겨서 자신만의 표현을 구사하고 있다. 예를 들면, '돌하르방, 곶자왈, 오름, 제주 갈옷, 블랙스톤, 곶자왈 숲길' 등이 그것이다.

윤소영의 시조 작품 「곶자왈을 걸으며」을 감상해 보자.

아름다운 오름 숲길
알록달록 고운 단풍
두 손 안 가득 담아
마음에 간직하고
곶자왈 환상의 숲속

그 추억 그려본다

화산으로 만든 숲
생태계 유지하며
새들의 지상낙원
울퉁불퉁 오솔길
원시림 제주의 천연
사랑하고 싶어라
– 시 「곶자왈을 걸으며」 전문

 제주도의 곶자왈을 걸으면서 느낀 자연 사랑의 마음을 적
은 시조 작품이다. 시인에게는 자신의 경험을 담지 않고는
좋은 시와 시조가 탄생할 수가 없다. 마치 시를 창작하는
것은 나무에 꽃이 피는 것과 같다. 나무를 애써 가꾸지 않
고서 갑작스레 꽃을 얻은 일은 절대 일어날 수가 없다. 그
래서 시인에게는 다양한 경험과 독서가 필수적이다.

천혜의 자연 속에 곶자왈 우거진 길
돌나무 어울림 속 환상의 신비로움
우거진 대자연 숲속 정원수를 심는다

새들의 합창 소리 자연의 맑은 웃음
수채화 그리는 듯 나그네 여유로움
너와 나 은은한 향기 행복한 꿈 꾼다네
– 시조 「블랙스톤」 전문

글을 지을 때 펜을 잡으면 그 즉시 문장을 쓸 수 있다. 그 후에 문장을 다듬고 아름답게 꾸미곤 한다. 하지만 중요한 것은 '시는 마음으로 쓰는 것'이란 사실이다.

시인의 일터는 제주도 '블랙스톤'이라는 골프장이다. 그 일터에서 자연과 함께 하는 삶 속에서 행복을 찾는다. 자신 일을 사랑하는 것이다.

사랑은 마음에서 싹튼 것이고 마음으로 사는 것이다. 그래야만 행복할 수 있다. 물론 미움도 마음으로 키운 것이다. 문장은 곧 조화로운 것이다. 마음으로 시를 쓰는 사람은 독자에게 감동을 주지만 손으로 쓰는 시는 절대로 공감을 주지 못한다.

아름다운 윤슬 위에
갈매기 끼룩끼룩
우람하고 듬직한 모습
미소를 자아내고
언제나 너털웃음
나의 키다리 아저씨

한라산의 푸른 정기
부리부리한 눈망울
벙거지를 눌러쓴
할망을 감싸 안고
내 사랑 돌하르방은
우리들의 수호천사
- 시 「돌하르방」 전문

시를 어떻게 쓸 것인가? 시인마다 많은 고뇌와 성찰을 통해서 자신의 시심을 닦고 있다. 글을 쓰지 않으면 못 견디는 일종에 강박관념도 따른다. 흔히들 '바람직하고 건설적인 병'이라고 말을 한다. 나는 이를 긍정적으로 바라본다.

시의 소재, 즐 쓸거리를 얻기 위해서는 앞에서 말한 것처럼 여행이라는 체험과 독서라는 경험이 필요하다.

아름다운 여인을
품은 오름이여

황금빛 억새꽃들이
제주를 품은 듯

구름 사이로 주황빛들이
해님을 안아주네

억새꽃의 장관에
나그네 발길을 묶어두네

와, 예쁘다
와, 멋지다

걸음걸음 수놓았네
힘들고 숨찬 아름다움
- 시 「오름」 전문

시는 어떻게 써야 할까? 주제가 명확해야 한다. 윤소영의 시 「오름」은 편안하면서 공감할 수가 있다. 제주도 오름의 아름다움을 '아름다운 여인'으로 '해님'을 안아주고 나그네의 발길을 붙잡는 존재로 표현한다. 그래서 오름을 오르는 것이 힘들다. 그래서 숨찬 아름다움으로 표현했다. 시의 주제가 명확하다. 할 말이 명확하지 않으면 횡설수설하게 마련이다. 시의 도입부도 흥미롭고 주제와 직결된다. 아울러 시는 중요한 대목을 두루 짚어야 한다. 이는 시의 완결성과 직결된다. 논리의 흐름도 순조로워야 한다. 시에서 그만큼 구성이 중요하다. 그리고 이해하기 쉬운 시가 되어야 한다. 독자의 공감이 없는 시는 죽은 시다. 그래서 마지막 문장에 울림이 있어야 한다.

윤소영 시인의 또 다른 작품을 살펴보자.

뙤약볕 익은 감물
타래마다 물들이고
한 땀 한 땀 기워내어
붉은 끝동 받쳐 입고
은은히 스미는 감빛
갈옷은 날개이어라

하늘하늘 날갯짓에
감겨온 옷섶 맵시
자연 향 빚은 감색
옷깃마다 운치 담아

하늘빛 제주 바다에
비춰 보는 그 자태
– 시조 「제주 갈옷」 전문

　제주 갈옷은 감으로 물들인 제주 특산품 옷이다. 나의 일
상적인 날을 앞세워 삶과 연결한 시 작품이다. 코로나 팬
데믹으로 글 소재가 사회라는 영역으로 확대되고 있다. 하
지만 시인의 쓴 제주의 문화, 갈옷의 삶이 오늘 세상에서
상처받는 우리에겐 힘이 되고 희망이 된다. 나의 방식을
갈옷의 삶에서 찾은 가치로 넓힌 '제주도에서 사는 법'을
말하고 있다.

숲 향기 풍겨오면 흥겨운 산새 소리
덩굴 숲 아름답다 자연의 숨소리에
외로운 연자방아는 호올로 눈물짓네

용암에 허파 주인 크고 작은 암괴 표충
자연 숲과 가시덩굴 신비로운 자연 숲지
다람쥐 임 마중 나와 건강한 숲 지키네
– 시조 「곶자왈 숲길에서」

　글쓰기는 일상의 발견을 새롭게 하고자 하는 글쓰기 방법
이다. 하지만 글쓰기는 '힘든 여정'이다. 일상의 삶을 대상
으로 소재를 찾고 다루다 보니 소재의 가벼움을 재는 일부
터 만만치 않다. 소재가 한정되어 있다 보니 이미 발표된

다른 시인의 글 내용이 궁금하다. 이미 쓴 글과 중복되는지 확인한다. 새로운 소재로 글을 쓰고 싶은 욕심이 큰 법이다. 그래서 나는 제일 먼저 남이 다루지 않는 소재를 중심으로 시를 쓰라고 강변하곤 한다.

다음 시조 작품 「저지 오름」을 만나보자.

저지 오름 탐방로 아름다운 둘레길
푸른 솔 숲길 따라 힘찬 걸음 오르면
하늘 끝 한눈에 담고 건강 웃음 반기네

오솔길 낙엽 소리 건강을 담는 소리
한가로이 소풍 나온 고라니 가족 모습
나그네 멈춰 선 발길 행복 웃음 꽃 피네
– 시조 「저지 오름」 전문

저지 오름은 제주 서부에 위치한다. 제주시 한경면 저지리에 위치하여 저지 오름이다. 분화구로 내려가 보는 계단이 있는 오름으로 급경사를 올라가는 힘겨운 오름이다. 시인은 이 시조 작품에서 건강 웃음, 행복 웃음을 찾는다.

눈을 감아도
방긋 웃는 너의 모습

살짝 미소 짓는 얼굴에
방긋방긋 웃음꽃 피네

애간장 녹아내리듯
보고 싶고 그리워라

가까이하면
너무나 멀어질까 봐

작은 가슴으로
그리움 토해낸다

지금도 모닥불처럼
활활 타올라서
가슴엔 숯검댕이로 남는다
– 시 「보고 싶은 사람아」 전문

시는 '쉽게' 써야 한다. 이에 시인들의 노력이 필요하다. 시를 쉽게 쓰기가 어려운 것은 간결과 압축, 과장과 생략이 필수적이기 때문이다. 많은 것을 담고자 하는 욕심으로 시 쓰기가 어려워질 때가 있다. 시에 체계적이고 구체적인 내용이 없으면 알맹이 없는 시가 되기가 쉽다. 이 부분을 특히 고심하게 된다.

은빛 물결 초록 바다
연등 할망 품속으로
오름엔 여행가의 꿈
한라산 고라니의 사랑

푸른 초원 희망 행복
형형색색 고운 자태
빛깔에 넋을 잃은
수줍은 수국이여

파릇파릇 올레길
방긋 웃는 금계국
엄마 품속 편백나무
단꿈 꾸는 나그네
– 시 「환상의 섬이여」 전문

여행이나 산책하지 않으면 그리고 독서를 하거나 누군가
를 만나지 않으면 우리의 하루는 특별한 날이 없다. 쳇바
퀴 돌 듯이 그냥 반복의 일상일 뿐이다. 그러니 글쓰기 소
재는 거의 같지 않겠는가. 직장에서 겪는 일, 가족과 함께
보내는 일, 틈틈이 산책하는 일, 그리고 친구와 지인들과의
만남 등이 소재가 된다. 아주 단순한 일상에서 삶의 의미
를 찾는 일은 참으로 힘들다. 그래서 여행도 필요하고 독
서도 필요한 법이다.

산책길을 걷노라면
콧노래 흥얼흥얼

해안가 풀섶에
들꽃 향기 흩날리는

가슴 가득 풍겨오는
바다향 추억 더듬고

오름 너머 임 계신 곳
발길만 머뭇머뭇

넘어서지 못한 길
길섶에 앉았네
- 시 「사랑을 거닐며」 전문

오늘도 윤소영 시인은 제주도의 바닷가 산책길을 거닌다. 콧노래를 부르면서 흥얼거리듯 시를 읊고 해안가 풀섶에서 들꽃 향기도 만난다. 가슴 가득히 바다향 추억을 더듬는다. 그리고 뭍에는 자신이 그리는 고향이 있고 추억이 있으며 사랑하는 임도 있다. 그러나 넘어서지 못하는 길이다. 시인은 길섶에 앉아서 시를 쓰고 있다.

한마디로 윤소영 시인의 두 번째 시집 『곶자왈 숲길』은 자신이 사랑하는 제주와 그의 삶을 노래하고 있다. 그래서 필자는 윤소영 시와 시조의 특징을 '제주의 사랑을 거니는 아름다운 시적 상상'이라고 규정하고 싶다.

지금껏 시를 어떻게 쓸 것인가에 대한 다양한 고찰과 함께 윤소영 시인의 시와 시조 작품을 통해 다시 조명해 보았다. 다시금 말하지만, 윤소영 시와 시조 작품처럼 주제가 명확하고 쉬우면서 마음으로 쓰는 시를 만나고 싶다.

시인의 건강과 건승을 기원한다.

■ 글벗시선 185 윤소영의 두 번째 시집

곶자왈 숲길

인 쇄 일 2023년 2월 20일
발 행 일 2023년 2월 20일
지 은 이 윤 소 영
펴 낸 이 한 주 희
펴 낸 곳 도서출판 글벗
출판등록 2007. 10. 29(제406-2007-100호)
주   소 경기도 파주시 와석순환로 16,(야당동)
        롯데캐슬파크타운 905동 1104호
홈페이지 http://guelbut.co.kr
E-mail   juhee6305@hanmail.net
전화번호 031-957-1461
팩   스 031-957-7319
가   격 12,000원
I S B N 978-89-6533-242-8 04810